Analyse de l'œuvre

Par Marine Riguet
et Marie-Sophie Wauquez

Jacques le Fataliste

de Denis Diderot

lePetitLittéraire.fr

Rendez-vous sur lepetitlitteraire.fr et découvrez :

Plus de 1200 analyses
Claires et synthétiques
Téléchargeables en 30 secondes
À imprimer chez soi

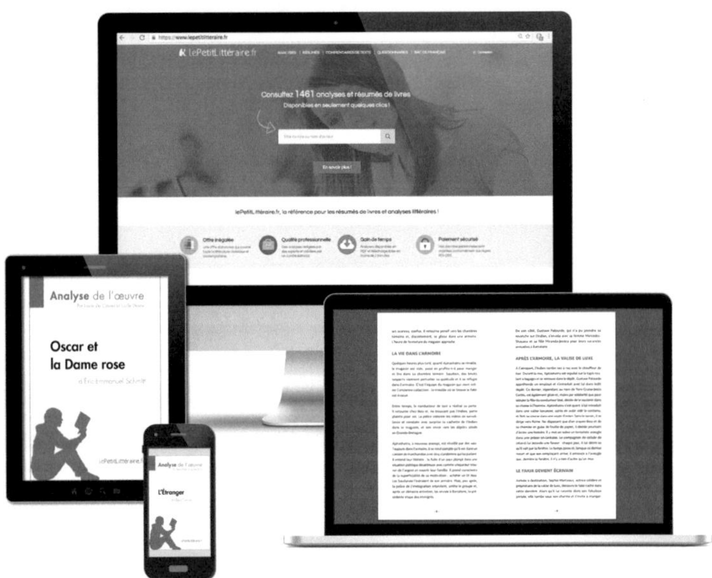

DENIS DIDEROT

ÉCRIVAIN, PHILOSOPHE ET ENCYCLOPÉDISTE FRANÇAIS

- **Né en 1713 à Langres (Haute-Marne)**
- **Décédé en 1784 à Paris**
- **Quelques-unes de ses œuvres :**
    - *Supplément au voyage de Bougainville* (1796), conte philosophique
    - *Paradoxe sur le comédien* (1830), essai
    - *Le Neveu de Rameau* (1891), dialogue

Denis Diderot, romancier, dramaturge et critique d'art, est l'un des penseurs les plus illustres des Lumières (xviiie siècle). Esprit épris de liberté, son impertinence – il est matérialiste et athée – lui vaut de séjourner pendant quatre mois à la prison de Vincennes (Val-de-Marne).

À partir de 1746, il dirige avec Jean le Rond d'Alembert (mathématicien et philosophe français, 1717-1783) l'*Encyclopédie* (1751-1772), qui a pour ambition de présenter des articles abordant l'ensemble des connaissances humaines. Cet ouvrage est couronné d'un véritable succès, malgré des difficultés rencontrées à cause de la censure. La tâche énorme que constitue l'entreprise encyclopédique n'empêche pas l'auteur de produire une quantité d'autres œuvres. Ainsi, son travail sur l'esthétique et le théâtre a également concouru à sa renommée, tout comme ses recherches sur la morale et ses nombreux dialogues philosophiques.

JACQUES LE FATALISTE ET SON MAÎTRE

UNE RÉFLEXION PHILOSOPHIQUE SUR LE FATALISME

- **Genre :** roman
- **Édition de référence :** *Jacques le Fataliste et son maître*, Paris, Gallimard, coll. « Folio classique », 1973, 370 p.
- **1ʳᵉ édition :** 1796
- **Thématiques :** fatalisme, destin, voyage, amour, liberté

Jacques le Fataliste et son maître est écrit à partir de 1771 et parait initialement en feuilleton dans *La Correspondance littéraire*, de 1778 à 1780. Dans ce roman, Diderot avoue lui-même s'être inspiré du livre de Laurence Sterne (écrivain britannique, 1713-1768), *Vie et opinions de Tristram Shandy* (1759).

L'œuvre dépeint les déambulations de Jacques et son maitre, dont nous ne connaissons que la condition. Au fil de leur voyage, qui ne comporte aucune destination, nous nous imprégnons de la philosophie de ces deux personnages dont on ne saura bientôt plus lequel est véritablement le maitre.

L'œuvre, dont la structure est complexe et la narration souvent déroutante, est l'un des ouvrages français les plus critiqués ; elle présente encore aujourd'hui une certaine résistance à toute interprétation définitive.

RÉSUMÉ

PREMIER JOUR

Dès l'incipit du roman, le narrateur défie le lecteur en refusant de présenter les personnages et la situation initiale : « Comment s'étaient-ils rencontrés ? Par hasard, comme tout le monde. Comment s'appelaient-ils ? Que vous importe ? D'où venaient-ils ? Du lieu le plus prochain. Où allaient-ils ? Est-ce que l'on sait où l'on va ? » (p. 35)

Deux personnages, Jacques et son maitre, chevauchent sur une route. Jacques explique le fatalisme, que lui a appris son capitaine d'armée : selon ce dernier, tout serait écrit d'avance (« [Les aventures] se tiennent ni plus ni moins que les chaînons d'une gourmette », p. 36). Jacques illustre cette doctrine fataliste par le récit de sa propre vie, depuis son départ du foyer parental, jusqu'à sa blessure au genou, lors de la bataille de Fontenoy (1745). Son discours est interrompu par la nuit. Les deux voyageurs, égarés, dorment à la belle étoile.

DEUXIÈME JOUR

Jacques reprend son récit et débat avec son maitre de l'importance d'une blessure au genou. Sur la route, ils rencontrent un chirurgien qui, voulant prendre part à cette conversation, fait tomber de monture la femme qui l'accompagne. Puis, Jacques reprend la parole et réfléchit avec son maitre à la responsabilité de l'homme dans un monde dirigé par le destin.

Les deux voyageurs s'arrêtent pour la nuit dans une auberge pleine de brigands : pour pouvoir dormir en sécurité, Jacques les enferme dans leurs chambres et emporte leurs vêtements.

TROISIÈME JOUR

Au matin, Jacques quitte l'auberge avec les clés des chambres, pour ne pas être rattrapé par les brigands qu'il a enfermés la veille. Le maitre juge cet acte contraire à sa vision fataliste : ces précautions sont vaines, puisque ces hommes sont entièrement soumis au destin tout-puissant.

Leur débat est interrompu par l'arrivée d'une armée, mais le narrateur refuse d'en dire davantage (« Je ne fais pas un roman, puisque je néglige ce qu'un romancier ne manquerait pas d'employer », p. 47). Jacques poursuit son récit, expliquant la manière dont les paysans ont soigné sa blessure au genou. Il se querelle avec son maitre au sujet de la vertu des femmes. Les deux personnages passent la nuit dans un château.

QUATRIÈME JOUR

Alors qu'ils ont repris la route, Jacques fait demi-tour pour aller rechercher sa bourse et la montre de son maitre, qu'ils ont oubliées. Il se fâche avec un marchand qui a retrouvé la montre avant lui et veut la lui revendre. Traité de voleur, Jacques est ligoté et conduit devant un lieutenant de police : il s'agit de l'homme chez qui, précisément, il vient de passer la nuit. Dès lors, le lieutenant apaise la querelle. Après qu'il a rejoint son maitre, Jacques constate la disparition de son cheval.

Au cours d'une digression, le narrateur se moque des mauvais romans et des mauvais romanciers qui usent à outrance de l'invraisemblance en employant des détours romanesques trop aisés. Il donne ici l'exemple de l'abbé Prévost (écrivain français, 1697-1763) et de son roman *Le Philosophe anglais ou Histoire de Monsieur Cleveland, fils naturel de Cromwell* (1732-1739). À ces auteurs sans talent, il oppose ceux qui ont du génie dans l'expression de la vérité (Molière [auteur dramatique français, 1622-1673], Richardson [écrivain anglais, 1689-1761] et Regnard [poète comique français, 1655-1709]).

Un convoi funèbre passe ; Jacques croit reconnaitre les armes de son capitaine d'armée et pleure sa mort. Puis, le convoi funèbre repasse une seconde fois : il servait sans doute de couverture à des contrebandiers ou à d'autres actions malintentionnées. Jacques, soulagé, raconte une nouvelle anecdote sur son capitaine. Le narrateur garantit l'authenticité des propos de Jacques en racontant l'histoire de Gousse, un homme semblable au capitaine. Le cheval de Jacques projette son cavalier contre la porte d'une maison, où il est soigné toute la nuit.

CINQUIÈME JOUR

Le maitre achète à Jacques un autre cheval. Jacques continue son récit : après avoir été opéré du genou, il a logé chez son chirurgien. Le narrateur achève ensuite l'histoire de Gousse.

Le personnage de Gousse est un personnage original, défini

par des actions à priori insensées. Ainsi, il intente un procès contre lui-même ; procès qu'il remporte et à la suite duquel il finit en prison… Mais la raison qui motive ce procès est finalement claire, puisque Gousse a en réalité signé de fausses reconnaissances de dettes au nom de sa servante. Désirant quitter sa femme pour cette dernière, il ne veut tout de même pas dépouiller la malheureuse. Pour récupérer ses effets personnels, il imagine alors ce stratagème en espérant récupérer ses meubles par l'intermédiaire de son amante.

Ensuite, les deux voyageurs descendent dans une auberge où la propriétaire pleure Nicole, blessée par des clients brutaux. Après une méprise, Jacques et son maitre s'aperçoivent que Nicole n'est pas la fille de l'aubergiste, mais sa chienne. Le narrateur raconte l'histoire d'un ami de Gousse.

SIXIÈME JOUR

Jacques et son maitre passent la journée à l'auberge, car une montée des eaux a submergé les routes. Le valet reprend son récit. Une querelle se fait entendre ; elle oppose le patron de l'auberge à un paysan qui ne rembourse pas ses dettes. Cette scène rappelle au narrateur *Le Bourru bienfaisant*, une comédie de Carlo Goldoni (acteur, auteur et metteur en scène italien, 1707-1793), qu'il critique en modifiant son dénouement. La femme de l'aubergiste raconte à Jacques et son maitre la longue histoire de Mme de la Pommeraye et du marquis des Arcis.

Le marquis, après avoir juré fidélité à Mme de la Pommeraye, la trompe. Pour se venger de lui, elle décide de lui jouer un tour. Connaissant son gout pour les femmes inaccessibles, elle engage une prostituée pour jouer le rôle de la jeune dévote. Son plan fonctionne à merveille, puisque le marquis finit par épouser la prostituée. Une fois le mariage prononcé, Mme de la Pommeraye révèle au marquis la véritable situation de sa fiancée.

SEPTIÈME JOUR

Le mauvais temps retient encore les voyageurs à l'auberge. Jacques raconte qu'il a quitté le chirurgien pour être généreusement logé dans un château, où il a été veillé par Denise, la fille d'une domestique à laquelle il avait auparavant rendu service. Par le passé, le maitre a lui aussi courtisé Denise ; dès lors, une querelle éclate entre les deux hommes. L'aubergiste leur fait signer un contrat de réconciliation.

Tous deux reprennent la route au retour du beau temps, en compagnie du marquis et de son acolyte.

HUITIÈME JOUR

Jacques et son maitre poursuivent seuls leur chemin. Le valet raconte ses premières expériences sexuelles. Nous apprenons ici que Jacques a connu son premier amour dans les bras de Justine, une couturière. Les circonstances sont particulières et grivoises, puisque Jacques partage les faveurs de Justine avec son ami Bigre (le fils de son parrain). Jacques raconte ensuite ses amours avec Suzanne et Marguerite, sur un ton quelque peu licencieux : « Le fait est que j'avais toujours la main où il n'y avait rien chez elle, et qu'elle avait placé sa main où cela n'était pas tout à fait de même chez moi. » (*Jacques le Fataliste et son maître*, Paris, GF-Flammarion, 2006, p. 237)

Le narrateur intervient pour souligner qu'un tel sujet n'est pas obscène. Ensuite, le maitre raconte ses propres histoires d'amour. Ils s'arrêtent dans une auberge.

NEUVIÈME JOUR

Le narrateur interrompt le récit, refusant de donner un dénouement et prétendant ne plus rien savoir des personnages (« Et moi, je m'arrête, parce que je vous ai dit de ces deux personnages tout ce que j'en sais », p. 325). Il ébauche ensuite un épilogue, où il propose trois fins possibles au récit de Jacques, et laisse au lecteur la liberté de choisir celle qui lui convient le mieux : « Eh bien, reprenez son récit où il l'a laissé et continuez-le à votre fantaisie [...] ; voyez Jacques, questionnez-le. » (p. 326)

ÉTUDE DES PERSONNAGES

JACQUES ET SON MAITRE

Jacques

Son prénom détermine sa position sociale de valet puisque, depuis le Moyen Âge, « un jacques » caractérise un domestique ou un paysan. Jacques ne possède aucun patronyme qui pourrait l'individualiser davantage.

C'est un personnage modeste aux origines imprécises, un homme libre de toute attache, qui se laisse simplement guider par le destin. Il est décrit comme un « bon homme, franc, honnête, brave » (p. 218). À travers le récit de sa jeunesse et de ses amours, Jacques témoigne de son anticonformisme : soumis à une éducation autoritaire, il est bâillonné pour être un enfant trop bavard. C'est par l'expérience de la vie que Jacques s'éduque, tirant ses joies de ses premiers ébats sexuels et obéissant aux lois naturelles plutôt qu'à la morale. Sa vie entière est marquée par l'errance et le voyage, à la manière du picaro, héros des romans d'aventures espagnols du XVIe siècle.

L'INFLUENCE PICARESQUE

Né au milieu du XVIe siècle, le roman d'aventures espagnol – ou roman picaresque –, qu'illustrent des romans tels que le *Guzmán de Alfarache* (1599) de Mateo Alemán (1547-1614) ou le *Buscón* (1626) de Francisco de Quevedo (1580-1645), met en scène un antihéros. En effet, le picaro est un valet, une personne de basse extraction qui, au fur et à mesure de ses pérégrinations, parvient à gravir l'échelle sociale. Le roman picaresque, au sens strict, est un roman social qui décrit bien la place de chacun au sein de la société : les ecclésiastiques, la bourgeoisie et la noblesse y ont également bonne place, mais les aventures du picaro offrent toujours l'occasion de contester l'ordre établi.

C'est également le cas dans *Jacques le Fataliste et son maître*, puisqu'il est souvent question de déterminer qui est véritablement le maitre entre les deux personnages principaux du roman. Et comme bon nombre de héros des romans picaresques, Jacques ne parviendra pas à se tirer de sa condition de valet. Enfin, l'inspiration picaresque chez Diderot se manifeste surtout par la condition initiale de Jacques, la manière dont il passe d'un maitre à un autre, mais aussi par l'importance des thématiques du voyage et de l'errance.

Par sa qualification, Jacques « le Fataliste » acquiert également une dimension philosophique. De fait, dès l'incipit, il prône une certaine vision fataliste de l'existence : « Jacques disait que son capitaine disait que tout ce qui nous arrive de bien et de mal ici-bas était écrit là-haut. » (p. 35) Tout au long du roman, ses discours défendent l'intervention du destin. Jacques s'appuie sur son expérience pour illustrer ses propos.

Par exemple, il affirme que son manque d'éloquence est le fruit du destin : « Mais il était écrit là-haut que j'aurais les choses dans ma tête, et que les mots ne me viendraient pas. » (GF-Flammarion, 2006, p. 56) Il interrompt aussi le récit de ses amours en l'invoquant : « Et puis revenons à tes amours. [...] Je le veux toujours ; mais le destin, lui, ne le veut pas. » (*ibid.*, p. 82) Cette doctrine, qui n'a de cesse d'interrompre son discours, est répétée par Jacques au point que son maitre lui-même en maitrise les fondements : « Diable ! cela est de fâcheux augure ; mais rappelle-toi ta doctrine. Si cela est écrit là-haut, tu auras beau faire, tu seras pendu, cher ami ; et si cela n'est pas écrit là-haut, le cheval en aura menti. » (*ibid.*, p. 80)

Le maitre

Personnage anonyme, privé de prénom et de nom, il est lui aussi caractérisé par sa situation sociale, qui est nettement supérieure à celle de Jacques : il possède en effet les privilèges de la noblesse – il porte l'épée – et s'entoure de gentilshommes.

Néanmoins, ce statut est parfois mis à l'épreuve, voire fragilisé, dans la mesure où le prestige du maitre est progressivement dévalué : il lui faut notamment endosser une paternité qui n'est pas la sienne, pour avoir cru naïvement à la vertu d'Agathe – une jeune femme qu'il a courtisée. De plus, il se ridiculise à plusieurs reprises : alors qu'il refuse de croire Jacques à propos des souffrances que procure une blessure au genou, il se blesse lui-même le genou en tombant de son cheval et doit reconnaitre son erreur. Ainsi, il perd peu à peu de sa grandeur et de son autorité.

Le maitre adopte envers Jacques un comportement très

contrasté. Il peut faire preuve d'une grande bienveillance, veillant par exemple son valet lorsque celui-ci est blessé ou le consolant de la mort de son capitaine, mais il fait parfois montre d'une sévérité excessive, entrant dans des colères violentes, se querellant à propos d'une femme, maltraitant ou injuriant Jacques.

Une relation maitre-valet originale

Ces deux personnages ont une relation particulière, qui évolue au fil du roman et transforme la représentation traditionnelle du couple maitre-valet, répandue au théâtre par la *commedia dell'arte*.

Tout d'abord, le maitre est ici dépendant de son valet ; il semble privé d'autonomie, laissant son valet décider ou agir pour lui (« [Il ne sait] que devenir sans sa montre, sans sa tabatière et sans Jacques : c'étaient les trois grandes ressources de sa vie », p. 59). En outre, le dialogue permanent qui lie le maitre à son valet les rend inséparables, nécessaires l'un à l'autre.

Ensuite, le rapport entre les deux hommes s'inverse : l'autorité passe progressivement des mains du maitre à celles du valet. Au début du roman, Jacques se soumet naturellement aux réprimandes de son maitre, mais il finit par se révolter. De plus, lorsqu'ils rencontrent des brigands dans l'auberge, c'est Jacques qui fait preuve de bravoure, tandis que le maitre tremble de peur : c'est donc encore Jacques qui domine son maitre sur l'échelle des valeurs.

Enfin, dans le contrat de réconciliation qu'ils signent à la fin d'une querelle, il est écrit que « Jacques mène son maitre » (p. 212). Par cette inversion des rapports, Diderot remet en cause les principes d'autorité qui régissent la société. À l'inverse, il défend la liberté et l'égalité, présentes à l'état de nature.

UNE GALERIE DE PERSONNAGES SECONDAIRES

Gousse et le capitaine

Gousse, le capitaine, mais aussi d'autres personnages du roman comme le père Hudson ou les deux capitaines duellistes, sont autant de marginaux décrits dans le récit. De fait, Diderot attache beaucoup d'importance à cette originalité des personnages. Les actions de Gousse et du capitaine sont toujours menées à contresens de ce que le commun des mortels fait ou dit. Quand Gousse intente un procès contre lui-même, le capitaine, par exemple, se bat sans arrêt avec l'un de ses amis, qu'il aime, mais ne peut s'empêcher de battre.

Madame de la Pommeraye et le marquis des Arcis

Personnages secondaires d'une grande importance, le marquis des Arcis et Mme de la Pommeraye sont les acteurs principaux de ce qui est une véritable nouvelle au sein même du récit. L'histoire de ces deux protagonistes représente, en effet, le plus long récit enchâssé du roman.

L'idée de la vengeance féminine au sein de ce récit est parfaitement incarnée dans le personnage de Mme de la Pommeraye, une femme aristocrate qui défend son honneur en exposant le marquis au désaveu social.

CLÉS DE LECTURE

UNE STRUCTURE COMPLEXE

Jacques le Fataliste et son maître surprend immédiatement par sa structure non conventionnelle, décousue, parfois déroutante.

Une esthétique de la déconstruction

Ce roman refuse la linéarité : les différents récits interviennent au hasard, selon les réminiscences du narrateur ou par association d'idées (« Jacques se taisait, se mettait à rêver, et souvent ne rompait le silence que par un propos, lié dans son esprit, mais aussi décousu dans la conversation qu'un livre dont on aurait sauté quelques feuillets », p. 92). Aucune évolution claire de l'intrigue ni des personnages ne peut être dégagée entre la situation initiale et la situation finale, et les histoires se multiplient au détriment de la progression de l'action.

La structure déploie sans cesse des effets de rupture : les récits sont souvent interrompus, provoquant chez le lecteur un sentiment de frustration, tout en ménageant le suspense. Ainsi, le récit des amours de Jacques est retardé chaque jour, pour finalement ne pas être raconté : « Et les amours de Jacques ? Jacques a dit cent fois qu'il était écrit là-haut qu'il n'en finirait pas l'histoire, et je vois que Jacques avait raison. » (p. 325) Des éléments extérieurs viennent toujours interrompre son discours (une chute de cheval, la venue d'une armée ou d'un convoi funèbre, l'aubergiste, etc.).

En outre, l'effet de déconstruction du récit provient aussi de ce que le narrateur semble intervenir au sein même de la diégèse, c'est-à-dire directement dans l'univers représenté par le roman. La manière dont le narrateur brise la continuité de l'histoire est alors très déroutante pour le lecteur : « Vous voyez, lecteur, combien je suis obligeant ; il ne tiendrait qu'à moi de donner un coup de fouet aux chevaux qui traînent le carrosse [...] d'interrompre l'histoire du capitaine de Jacques et de vous impatienter à mon aise [...]. » (GF-Flammarion, 2006, p. 96)

Enfin, le temps est distendu : au fil des récits emboités, le passé interfère dans le présent ; l'entrelacement des différentes temporalités, sans transition, rend les histoires indissociables les unes des autres.

Des récits enchâssés

Dans *Jacques le Fataliste et son maître*, quatre niveaux de récits se superposent constamment, jusqu'à se confondre.

- Le récit du voyage de Jacques et son maitre, qui constitue la trame narrative du roman. Il justifie, sur un plan romanesque, la cohérence interne et la juxtaposition des récits. Néanmoins, il apparait rapidement comme un prétexte à la création romanesque plutôt que comme une véritable intrigue. De fait, le lecteur ignore d'où viennent les personnages et quelle est leur destination, depuis quand ils voyagent ou même la raison de leur déplacement. Sur la route, les personnages connaissent quelques mésaventures sans importance, qui font de ce voyage une intrigue mineure dans la composition.

- Le récit de Jacques. Dès les premières pages, Jacques entreprend de livrer l'histoire de sa jeunesse et de ses amours. Bien que sans cesse interrompue, celle-ci se prolonge ponctuellement, tout au long du roman. Le maitre interroge Jacques et l'incite à continuer son récit au fil des jours. Mais la durée du récit est inégale : les 12 premières années de sa vie sont résumées en moins de deux pages (p. 153-154), tandis que plus de 20 pages sont consacrées à son initiation sexuelle (p. 239-260). En outre, Jacques ne respecte pas la chronologie des faits, racontant par exemple sa blessure au genou, récente, avant sa dispute avec son père, bien plus ancienne.

- Les anecdotes diverses. D'autres récits se multiplient, relatés par Jacques, son maitre ou les personnages secondaires. Ceux-là deviennent, chacun à leur tour, les narrateurs d'histoires personnelles dont ils ont été les témoins ou qui concerne une de leurs connaissances (Jacques raconte notamment l'histoire de son capitaine et celle du père Ange, un ami de son frère). L'histoire de Mme de la Pommeraye, racontée par l'hôtesse, semble le récit le plus important – et le plus long : elle se situe au centre du roman (p. 144-200), comme une clé de voute garantissant la cohésion des multiples récits emboités, et présente le marquis des Arcis, qui accompagnera Jacques et son maitre sur les routes le lendemain. Un débat s'ensuit entre les personnages, pour juger le comportement de Mme de la Pommeraye, jusqu'à ce que l'auteur-narrateur prenne lui-même part à la discussion : « Vous vous révoltez contre elle au lieu de voir que son ressentiment ne vous indigne que parce que vous êtes incapable d'en éprouver un aussi profond. » (p. 198)

- Les interventions de l'auteur-narrateur. Diderot intervient directement dans son roman à travers la voix du narrateur. En tant qu'auteur, il assure l'authenticité des faits racontés (« Je le sais par les voies les plus sûres », p. 198) ou interpelle directement le lecteur, à l'aide d'apostrophes et de paroles rapportées au discours direct (« Qu'est-ce que cela vous fait ? », p. 37) ; en tant que narrateur, il prend en charge des récits secondaires, comme l'histoire de Gousse. Enfin, en tant que philosophe, il exprime ses propres opinions, disserte librement entre deux récits ou critique des œuvres littéraires telles que *Le Médecin malgré lui* (1666) de Molière et *Le Bourru bienfaisant* de Goldoni.

UN GENRE ROMANESQUE DÉTOURNÉ

Loin de se conformer aux structures narratives traditionnelles, Diderot remet ici en cause l'illusion romanesque et éprouve le roman au cœur de son élaboration. *Jacques le Fataliste et son maître* est une œuvre en mouvement, en train de se faire, qui dépasse et renouvèle les cadres romanesques.

De l'antiroman au roman moderne

Diderot entreprend, à travers ce livre, une critique du roman. Son narrateur déclare d'ailleurs à plusieurs reprises que *Jacques le Fataliste et son maître* « n'est point un roman » (p. 74) et rejette le genre romanesque, qu'il décrit comme artificiel. Il en dénonce les défauts traditionnels pour pouvoir ensuite mieux s'en distinguer :

- il refuse tout d'abord l'omniscience des auteurs qui prétendent tout savoir des personnages et de l'intrigue, pour se positionner à la manière d'un dieu face à ses créations. Selon Diderot, cette position factice du romancier contredit le gage d'authenticité. Dès lors, le narrateur de *Jacques le Fataliste et son maître* ne répond pas aux questions du lecteur, prétend tout ignorer de ses personnages et refuse de raconter plus que ce dont il se fait le témoin direct : « Il y a ici une lacune vraiment déplorable dans la conversation de Jacques et de son maître. » (p. 265) L'auteur-narrateur se crée une nouvelle place, se repositionnant sur le même plan que le lecteur : comme lui, il écoute les personnages et découvre progressivement l'intrigue ;
- il refuse ensuite l'intrigue romanesque traditionnelle, qui s'appuie sur un enchainement d'évènements attendus pour mener à un dénouement clair. De nouveau, Diderot récuse une forme qu'il trouve trop artificielle, contraire à la banalité et au hasard de l'existence. Ainsi, il est impossible de déterminer dans cette œuvre une intrigue précise, mais on y trouve plutôt une multiplication d'anecdotes ;
- il rejette la notion de héros romanesque. Les personnages de Diderot, privés d'identité et de portrait psychologique, se définissent uniquement par leurs actions. Les faits doivent suffire à dépeindre un personnage : « Un mot, un geste m'en ont quelquefois plus appris que le bavardage de toute une ville. » (p. 301) Il s'oppose ainsi au grand modèle de l'époque, le roman d'analyse de Mme de Lafayette (femme de lettres française, 1634-1693) : *La Princesse de Clèves* (1678) ;
- il redéfinit la place du lecteur, qui n'est plus tenu à dis-

tance, mais intégré à la narration. De fait, un dialogue s'établit avec l'auteur, qui n'hésite pas à provoquer le lecteur en désamorçant ses attentes habituelles : « Il vous aurait été peut-être plus agréable d'entendre là-dessus Jacques et son maître ; mais ils avaient à parler de tant d'autres choses plus intéressantes, qu'ils auraient vraisemblablement négligé celle-ci. » (p. 198) De cette manière, Diderot dénonce également l'attitude passive du lecteur et remet en question les réflexes de lecture qu'il a développés avec le roman traditionnel.

Cette œuvre refuse donc les conventions romanesques : les héros deviennent des personnages ordinaires qui entreprennent un banal voyage, ce qui condamne parallèlement le caractère extraordinaire et merveilleux des romans traditionnels.

Un roman parodique

Plus précisément, *Jacques le Fataliste et son maître* s'attaque à différents genres romanesques dont il réalise la parodie :

- le roman d'aventures. Bien qu'il recoure au thème du voyage, Diderot se refuse à exploiter les ressorts d'un genre qu'il ridiculise sans cesse. Le maitre est loin d'être courageux face aux brigands de l'auberge, les prêtres du convoi funèbre sont des malfaiteurs déguisés, et une armée passe près de Jacques et son maitre sans les attaquer : « Vous allez croire [...] qu'il y aura une action sanglante, des coups de bâton donnés, des coups de pistolet tirés ; et il ne tiendrait qu'à moi que tout cela n'arrivât ; mais adieu la vérité de l'histoire. » (p. 47) Au risque de décevoir les attentes du lecteur, Diderot introduit quelques composantes du roman d'aventures pour pouvoir mieux les rejeter ensuite. En définitive, il réfute surtout les stéréotypes et les *topos* du genre : les personnages caricaturaux, l'honneur, le combat ;

- le roman d'amour. Le thème des amours est bien présent à travers le récit de Jacques. Néanmoins, il se détache du modèle sublime des romans précieux (qui, dans la première moitié du XVIIᵉ siècle, mettent en scène des personnages idéalisés et des sentiments raffinés dans un style recherché) pour toucher à l'ordinaire : Jacques a perdu depuis longtemps son pucelage, le maitre est joué par Agathe et le marquis des Arcis s'éprend d'une prostituée. Diderot s'oppose surtout à la conception amoureuse de ce type de roman. Selon lui, l'amour est inconstant. Nous pouvons le voir, beaucoup de personnages sont volages : le marquis trompe Mᵐᵉ de la Pommeraye ; Jacques passe de Marguerite à Suzanne et se trompe même dans leurs prénoms ; Justine entretient une relation avec Jacques et avec son ami Bigre, etc.

Un roman philosophique

Jacques le Fataliste et son maître dépasse la gratuité du roman, dans la mesure où il véhicule toute une réflexion philosophique sur le fatalisme. Venant du latin *fatum*, qui signifie « destin », le fatalisme soutient que toute existence, toute chose est par avance fixée par le destin, excluant ainsi le libre arbitre et le hasard.

Jacques, à travers les discours de son capitaine, qui s'inspirait lui-même du philosophe Baruch Spinoza (philosophe hollandais, 1632-1677), se fait le porte-parole de cette doctrine, puisqu'il ne cesse d'invoquer « le grand rouleau où tout est écrit » (p. 45). Pour lui, tout est donc soumis à un ordre supérieur auquel l'homme ne peut échapper : cette vision confère à Jacques une certaine sagesse, car elle l'incite à accepter sans révolte les faits de l'existence.

Néanmoins, Jacques ne se comporte pas toujours en accord avec le discours qu'il prône. Il garde parfois ses réflexes d'homme libre, qui agit pour se protéger : aussi résiste-t-il à son maitre, lorsque celui-ci veut le bastonner et emporte-t-il la clé de la chambre où sont enfermés les brigands, afin que ceux-ci ne le rattrapent pas.

Jacques s'interroge sur la responsabilité de l'homme : « Est-ce nous qui menons le destin, ou bien est-ce le destin qui nous mène ? » (p. 48) En réalité, il se rapproche plus du déterminisme que du fatalisme. Pour le déterministe, tous les faits se tiennent selon un enchainement de causes à effets, et il devient possible d'éviter l'effet en modifiant la cause. Or tout le récit de sa vie est raconté par Jacques selon cet enchainement en cascade, dont il condense la logique en une seule phrase : « Sans ce coup de feu, par exemple, je crois que je n'aurais été amoureux de ma vie. » (p. 36)

LA MÉTATEXTUALITÉ

Le lecteur de *Jacques le Fataliste et son maître* ne peut que se heurter à l'aspect « méta » du roman. En effet, le texte se retourne sur lui-même dans un mouvement qui s'apparente à celui de l'autoréflexion.

En littérature, la métatextualité est un aspect complexe qui permet à un récit de réfléchir, non seulement sur lui-même (par exemple, sur les mécanismes mis en place pour l'élaboration de la diégèse), mais également sur la littérature en général. Le roman de Diderot s'inscrit dans cette perspective et constitue d'ailleurs l'un des exemples les plus marquants de l'histoire littéraire. Il représente notamment un exemple de ce que Gérard Genette (théoricien et critique littéraire français, né en 1930) appelle la métalepse d'auteur.

La métalepse, infraction au pacte fictionnel traditionnel, consiste en une transgression du seuil de représentation établi. Plus particulièrement, la métalepse d'auteur est une forme d'intrusion de l'auteur au niveau de la narration – c'est ce pour quoi le narrateur de *Jacques le Fataliste et son maître* peut être désigné en tant qu'auteur-narrateur. Dès lors, l'ensemble des interventions de cet auteur-narrateur introduit une forme de rupture dans le récit. Ces interventions sont une manière d'interpeler le lecteur en lui dévoilant les mécanismes mêmes de la construction du récit :

> « Si vous insistez, je vous dirai qu'ils s'acheminèrent vers… oui ; pourquoi pas ?… vers un château immense, au frontispice duquel on lisait : "Je n'appartiens à personne et j'appartiens à tout le monde. Vous y étiez avant que d'y entrer, et vous y serez encore quand vous en sortirez." – Entrèrent-ils dans ce château ? – Non, car l'inscription était fausse, ou ils y étaient avant d'y entrer. [...] Vous allez dire que je m'amuse, et que, ne sachant plus que faire de mes voyageurs, je me jette dans l'allégorie, la ressource ordinaire des esprits stériles. » (GF-Flammarion, 2006, p. 60-61)

L'extrait ci-dessus est un exemple particulièrement représentatif de la métalepse d'auteur et de ses effets. De fait,
cette intervention de l'auteur-narrateur laisse apparaitre
le pouvoir démiurgique de l'auteur dans la construction du
récit. La toute-puissance de l'auteur est en effet manifestée
par ce jeu de l'auteur-narrateur qui affirme, puis infirme,
les évènements qui sont susceptibles, ou non, d'arriver aux
deux protagonistes de l'histoire. Le lecteur imagine d'abord
les personnages entrant dans ce château immense et mystérieux, puis ses attentes sont déçues, et il se voit refuser
l'accès à cet hypothétique monde fabuleux. Ainsi, Diderot
nous fait la démonstration que l'auteur a tous les droits sur
les évènements, ainsi que sur les personnages.

En plus de cette réflexion sur le pouvoir de l'auteur,
l'extrait ci-dessus laisse entrevoir une réflexion sur la
littérature du xviiie siècle ; Diderot réfléchit sur son art et
introduit une dimension critique dans son propos. En effet,
l'auteur-narrateur mentionne ici l'allégorie en reléguant
son usage aux « esprits stériles » (*ibid.*) ; ce faisant, il exclut
l'allégorie du bon gout littéraire du moment. Et de fait,
Diderot éprouve une certaine méfiance à l'égard du procédé
allégorique, qu'il juge peu propice à cette rationalisation de
la pensée que prônent les penseurs des Lumières.

On le voit, la métatextualité qui se dégage de *Jacques le
Fataliste et son maître* est donc une manière, assez ironique,
de parler de littérature tout en déconstruisant les mécanismes romanesques traditionnels.

LE DIALOGUE DIDEROTIEN

Jacques le Fataliste et son maître éprouve sans cesse les limites du romanesque et se joue des conventions littéraires traditionnelles. Ainsi, Diderot use de nombreux procédés, dont l'emploi du dialogue, pour transcender le genre. En effet, celui-ci permet une structure fragmentaire du récit, structure qui s'oppose à celle, linéaire, du récit romanesque traditionnel. Ici encore, Diderot travestit les codes établis.

Les dialogues représentent en effet une grande partie du roman et, dès lors, *Jacques le Fataliste et son maître* présente une certaine théâtralité. Le rapprochement est d'autant plus aisé que le dialogue est retranscrit, dans sa composition, comme il l'est dans une pièce de théâtre. En effet, chaque réplique du maitre ou de Jacques est introduite par la mention du personnage qui parle. Il est cependant permis de se poser la question : ce dialogue diderotien est-il plutôt hérité du théâtre ou de la simple conversation de salon ?

L'art de la conversation est une tradition bourgeoise qui nait avec l'avènement du salon littéraire – ou salon de conversation –, terme employé à postériori pour désigner un lieu de socialisation de l'élite, de la bourgeoisie. Au XVIIIe siècle, l'un des salons les plus renommés est celui de Mme Geoffrin (salonnière française, 1699-1777), dont Diderot est lui-même un invité prestigieux, aux côtés de Voltaire (écrivain et philosophe français, 1694-1778) et de Jean le Rond d'Alembert. Les discussions de ces salons étaient tantôt philosophiques, tantôt littéraires ; on y déclamait de la poésie, mais on y exposait également les avancées des savants du siècle des Lumières, comme celles du célèbre chimiste Antoine Lavoisier (1743-1794).

Et de fait, le dialogue diderotien s'apparente parfois à l'art de la conversation tel qu'il était pratiqué dans les salons littéraires :

> « LE MAÎTRE – […] Mais les pressentiments dont il est impossible de se défendre, ce sont surtout ceux qui se présentent au moment où la chose se passe loin de nous, et qui ont un air symbolique.
> JACQUES – Vous êtes quelquefois si profond et si sublime que je ne vous entends pas. Ne pourriez-vous pas m'éclaircir cela par un exemple ? » (GF-Flammarion, p. 108)

Les conversations de salon sont celles qui subliment la langue. Cependant, il y a dans l'extrait ci-dessus une forme d'exagération, d'outrance, un appui peut-être trop soutenu sur la valeur de l'interlocuteur – « profond », « sublime » –, qui confère encore au dialogue diderotien une dimension parodique.

Une hypothèse qui se veut confirmée par le statut de Diderot lui-même au sein des salons littéraires les plus reconnus. En effet, bien que Diderot soit un invité de ces salons, il est parfois mal considéré, car peu respectueux des convenances. De la même manière, le bref dialogue représenté ici montre, de manière grossière, les mécanismes qui se jouent lors des conversations de salon. Par exagération, l'auteur travestit le parler précieux des salons littéraires.

Dans le roman, les deux dialogues principaux sont, d'une

part, celui qui se joue entre les deux personnages principaux (Jacques et son maitre) et, d'autre part, le dialogue qui s'établit entre l'auteur-narrateur et le lecteur. Par le biais de ce second dialogue, Diderot interpelle le lecteur et met en exergue les codes du roman. En effet, le roman traditionnel est souvent linéaire et le rôle du narrateur est d'y faire avancer le récit. Au contraire, dans *Jacques le Fataliste et son maître*, le narrateur ralentit la progression des évènements ; il déconstruit la linéarité supposée de la diégèse.

Jacques le Fataliste et son maître est-il un roman ? Sa forme ne détermine rien à l'avance, mais laisse au contraire le monde romanesque aussi libre que la réalité. L'œuvre est en mouvement permanent et se réalise à travers des genres multiples : la théâtralité des dialogues, la fable d'Ésope (fabuliste grec, VIIe-VIe siècle av. J.-C.), la nouvelle de Mme de la Pommeraye ou le conte philosophique. Entrecoupé de divers récits ou interventions du narrateur, *Jacques le Fataliste et son maître* refuse la linéarité. Les nombreux récits enchâssés participent à cette structure de la déconstruction qui sous-tend l'ensemble de cette œuvre à vocation parodique. Car par l'ensemble de ces procédés Diderot construit bien une œuvre qui se joue des codes du roman traditionnel.

PISTES DE RÉFLEXION

QUELQUES QUESTIONS POUR APPROFONDIR SA RÉFLEXION...

- Commentez le titre : *Jacques le Fataliste et son maître*. D'après vous, pourquoi le maitre n'est-il pas nommé ?
- Quelle réflexion cette œuvre engage-t-elle sur la liberté ?
- Quel rôle tient la parole dans cette œuvre ?
- Peut-on qualifier *Jacques le Fataliste et son maître* de roman ? Justifiez.
- Quelle image Diderot ébauche-t-il ici de l'Église ?
- Étudiez la structure narrative de l'histoire de Mme de la Pommeraye. Quels sont les éléments narratifs de ce récit qui diffèrent du reste du roman ?
- Comparez le couple traditionnel maitre-valet du *Dom Juan* (1665) de Molière avec celui de *Jacques le Fataliste et son maître*.
- Comment se positionne personnellement Diderot par rapport au fatalisme de Jacques ?
- Quel rôle attribué aux interventions du narrateur au sein du récit ? Quel effet cela produit-il sur l'ensemble du récit ?
- Certaines digressions du narrateur portent sur des réflexions littéraires. Comment qualifier ces interruptions ? Quelles sont-elles ?

Votre avis nous intéresse !
Laissez un commentaire sur le site de votre librairie en ligne
et partagez vos coups de cœur sur les réseaux sociaux !

POUR ALLER PLUS LOIN

ÉDITION DE RÉFÉRENCE

- Diderot D., *Jacques le Fataliste et son maître*, Paris, Gallimard, coll. « Folio classique », 1973.
- Diderot D., *Jacques le Fataliste et son maître*, Paris, GF-Flammarion, 2006.

ADAPTATIONS

- *Les Dames du bois de Boulogne*, film de Robert Bresson avec Maria Casarès, Élina Labourdette, Paul Bernard, France, 1945. Ce film reprend l'histoire de Mme de la Pommeraye.
- *Jacques le Fataliste et son maître*, téléfilm de Claude Santelli avec Patrick Chesnais, Guy Tréjan, François Périer, France, 1981.
- *Jacques le Fataliste*, film d'Antoine Douchet avec Antoine Douchet, Serge Riaboukine, Joël Demarty, France, 1993.

SUR LEPETITLITTÉRAIRE.FR

- Fiche de Lecture sur *La Religieuse* de Denis Diderot.
- Fiche de lecture sur *Le Neveu de Rameau* de Denis Diderot.
- Fiche de lecture sur *Paradoxe sur le comédien* de Denis Diderot.
- Questionnaire de lecture sur *Jacques le Fataliste et son maître*.
- Questionnaire de lecture sur le *Supplément au Voyage de Bougainville* de Denis Diderot.

Dumas
• Les Trois
  Mousquetaires

Énard
• Parlez-leur
  de batailles,
  de rois et
  d'éléphants

Ferrari
• Le Sermon sur la
  chute de Rome

Flaubert
• Madame Bovary

Frank
• Journal
  d'Anne Frank

Fred Vargas
• Pars vite et
  reviens tard

Gary
• La Vie devant soi

Gaudé
• La Mort du
  roi Tsongor
• Le Soleil des
  Scorta

Gautier
• La Morte
  amoureuse
• Le Capitaine
  Fracasse

Gavalda
• 35 kilos d'espoir

Gide
• Les
  Faux-Monnayeurs

Giono
• Le Grand
  Troupeau
• Le Hussard
  sur le toit

Giraudoux
• La guerre de
  Troie
  n'aura pas lieu

Golding
• Sa Majesté des
  Mouches

Grimbert
• Un secret

Hemingway
• Le Vieil Homme
  et la Mer

Hessel
• Indignez-vous !

Homère
• L'Odyssée

Hugo
• Le Dernier Jour
  d'un condamné
• Les Misérables
• Notre-Dame
  de Paris

Huxley
• Le Meilleur
  des mondes

Ionesco
• Rhinocéros
• La Cantatrice
  chauve

Jary
• Ubu roi

Jenni
• L'Art français
  de la guerre

Joffo
• Un sac de billes

Kafka
• La Métamorphose

Kerouac
• Sur la route

Kessel
• Le Lion

Larsson
• Millenium 1. Les
  hommes qui
  n'aimaient pas
  les femmes

Le Clézio
• Mondo

Levi
• Si c'est un
  homme

Levy
• Et si c'était vrai…

Maalouf
• Léon l'Africain

MALRAUX
- La Condition humaine

MARIVAUX
- La Double Inconstance
- Le Jeu de l'amour et du hasard

MARTINEZ
- Du domaine des murmures

MAUPASSANT
- Boule de suif
- Le Horla
- Une vie

MAURIAC
- Le Nœud de vipères

MAURIAC
- Le Sagouin

MÉRIMÉE
- Tamango
- Colomba

MERLE
- La mort est mon métier

MOLIÈRE
- Le Misanthrope
- L'Avare
- Le Bourgeois gentilhomme

MONTAIGNE
- Essais

MORPURGO
- Le Roi Arthur

MUSSET
- Lorenzaccio

MUSSO
- Que serais-je sans toi ?

NOTHOMB
- Stupeur et Tremblements

ORWELL
- La Ferme des animaux
- 1984

PAGNOL
- La Gloire de mon père

PANCOL
- Les Yeux jaunes des crocodiles

PASCAL
- Pensées

PENNAC
- Au bonheur des ogres

POE
- La Chute de la maison Usher

PROUST
- Du côté de chez Swann

QUENEAU
- Zazie dans le métro

QUIGNARD
- Tous les matins du monde

RABELAIS
- Gargantua

RACINE
- Andromaque
- Britannicus
- Phèdre

ROUSSEAU
- Confessions

ROSTAND
- Cyrano de Bergerac

ROWLING
- Harry Potter à l'école des sorciers

SAINT-EXUPÉRY
- Le Petit Prince
- Vol de nuit

SARTRE
- Huis clos
- La Nausée
- Les Mouches

SCHLINK
- Le Liseur

SCHMITT
- La Part de l'autre
- Oscar et la Dame rose

SEPULVEDA
- Le Vieux qui lisait des romans d'amour

SHAKESPEARE
- Roméo et Juliette

SIMENON
- Le Chien jaune

STEEMAN
- L'Assassin habite au 21

STEINBECK
- Des souris et des hommes

STENDHAL
- Le Rouge et le Noir

STEVENSON
- L'Île au trésor

SÜSKIND
- Le Parfum

TOLSTOÏ
- Anna Karénine

TOURNIER
- Vendredi ou la Vie sauvage

TOUSSAINT
- Fuir

UHLMAN
- L'Ami retrouvé

VERNE
- Le Tour du monde en 80 jours
- Vingt mille lieues sous les mers
- Voyage au centre de la terre

VIAN
- L'Écume des jours

VOLTAIRE
- Candide

WELLS
- La Guerre des mondes

YOURCENAR
- Mémoires d'Hadrien

ZOLA
- Au bonheur des dames
- L'Assommoir
- Germinal

ZWEIG
- Le Joueur d'échecs

www.lepetitlitteraire.fr

ISBN version numérique : 978-2-8062-1949-7
ISBN version papier : 978-2-8062-1095-1
Dépôt légal : D/2017/12603/684

Avec la collaboration de Marie-Sophie Wauquez pour l'étude des personnages secondaires, ainsi que pour les chapitres « La métatextualité » et « Le dialogue diderotien ».

Conception numérique : Primento,
le partenaire numérique des éditeurs.

Ce titre a été réalisé avec le soutien de la Fédération Wallonie-Bruxelles, Service général des Lettres et du Livre.